W9-BFT-689

LAS AVENTURAS DE BILLIE B. BROWN Y JACK

¡NO TE ENFADES, JACK!

Bruño

SALLY RIPPIN

3 1489 00723 1333

FREEPORT MEMORIAL LIBRARY

Título original: *Hey Jack!*
The Playground Problem / The Best Party Ever
© 2013 Sally Rippin
Publicado por primera vez por Hardie Grant Egmont, Australia

© 2019 Grupo Editorial Bruño, S. L.
Juan Ignacio Luca de Tena, 15
28027 Madrid
www.brunolibros.es

Dirección Editorial: Isabel Carril
Coordinación Editorial: Begoña Lozano
Traducción: Pablo Álvarez
Edición: María José Guitián
Ilustración: O'Kif
Preimpresión: Peipe, S. L.
Diseño de cubierta: Miguel A. Parreño (MAPO DISEÑO)
ISBN: 978-84-696-2652-8
D. legal: M-9167-2019
Printed in Spain

PAPEL DE FIBRA
CERTIFICADO

Reservados todos los derechos.
Quedan rigurosamente prohibidas, sin el permiso escrito de los titulares del
copyright, la reproducción o la transmisión total o parcial de esta obra por cual-
quier procedimiento mecánico o electrónico, incluyendo la reprografía y el trata-
miento informático, y la distribución de ejemplares mediante alquiler o préstamo
públicos. Pueden utilizarse citas siempre que se mencione su procedencia.

LAS AVENTURAS DE BILLIE B. BROWN Y JACK

PROBLEMA EN EL PATIO

Capítulo 1

Este es Jack. Hoy Jack se siente solo. Billie está en casa, enferma, y él no sabe con quién jugar. Tiene otros amigos, pero Billie es la MEJOR DE TODOS. El día de colegio se le hace largo y aburrido sin Billie.

En el recreo Jack se sienta bajo el gran árbol del patio y hace garabatos en el suelo con un palo.

Cuando levanta la cabeza ve a Alex, que está de pie delante de él. Alex va a su misma clase. Acaba de estrenar gafas.

—Hola, Alex —dice Jack—. Tus gafas son muy chulas.

—¡Gracias! —replica Alex—. Oye, ¿quieres ver algo guay?

—Vale —contesta Jack con una sonrisa, y sigue a Alex hasta la otra punta del patio.

Alex señala un montículo de tierra. Jack se arrodilla.

—Es un hormiguero —le susurra Alex—. Esas son las hormigas obreras. Llevan comida a la hormiga reina y a sus bebés.

—Cómo mola —dice Jack mientras se tumba boca abajo para ver mejor a los insectos.

¡Las hormigas están ocupadísimas! Entran y salen del hormiguero sin parar. Alex se tumba junto a Jack y los dos observan a las hormigas en silencio.

Enseguida
suena el timbre.
¡Jack no puede creer
lo corto que se le ha
hecho el recreo!

—¿Volvemos después de
comer? —le pregunta Alex.

—¡Claro! —responde Jack
muy contento, y los
dos se levantan y
regresan corriendo
al aula.

Después de comer Jack y Alex regresan al hormiguero con migas de pan de sus bocadillos.

Jack se pone en cuclillas junto a Alex y los dos observan cómo las hormigas se suben las migas a la espalda. Las migas parecen ENORMES comparadas con las DIMINUTAS hormigas. Jack se imagina a las hormigas como unas auténticas forzudas, y las migas como si fueran piedras.

Cuando suena el timbre Jack
se levanta y se estira.

—Mañana les traeré agua con
azúcar —anuncia Alex—. Les
va a ENCANTAR. ¿Nos vemos
aquí en el recreo?

—Eeehh… —contesta Jack—. Mañana puede que Billie vuelva a clase. Tengo que esperar a ver qué quiere hacer ella.

—Ah, bueno, vale…
—contesta Alex, DECEPCIONADO.

Jack SE SIENTE MAL. Alex le cae bien, pero ¡Billie es su mejor amiga!

Capítulo 2

Al día siguiente Billie vuelve al colegio. Cuando suena el timbre que anuncia el recreo, Alex se acerca a ellos e invita a Jack a observar a las hormigas.

Jack mira a Billie y le pregunta:

—¿Vienes, Billie?

Pero ella ARRUGA la nariz y le contesta:

—¿Para qué voy a perder el tiempo mirando a un puñado de hormigas? No, gracias. Yo me voy a jugar al fútbol.

Luego Billie sale del aula y corre a reunirse con sus amigos en el campo.

Jack mira a Alex en silencio y muy serio.

—¿Vienes? —le pregunta Alex, esperanzado.

Jack nota que se le hace UN NUDO EN LA TRIPA. No sabe qué decisión tomar.

Le ENCANTARÍA observar a las hormigas con Alex, pero también le GUSTARÍA jugar al fútbol con Billie.

Al final Jack respira profundamente y contesta:

—Eehh..., ¿qué tal otro día?

—Vale —masculla Alex, y sale del aula con la cabeza gacha.

A continuación Jack va al campo de fútbol a reunirse con Billie.

Jack intenta disfrutar del partido, pero no puede dejar de pensar en Alex y todo le sale mal.

Ve que está solo, al otro lado del patio, observando el hormiguero con una lupa, y se siente FataL. Pero de repente a Jack se le ocurre una idea.

—¡Tengo que ir al servicio!
—le dice a Billie.

—Vale —replica ella—. Pero date prisa en volver. ¡Estamos perdiendo!

Jack corre en dirección a los servicios y cuando cree que Billie no mira, se escabulle hacia el hormiguero.

Alex se pone muy contento al verlo.

—¡Eh, Jack! ¡Mira, las hormigas están trepando por aquí porque les he puesto agua

con azúcar! ¡Les encanta! ¡Ven, échales un vistazo con la lupa que me ha prestado mi hermano!

Jack se instala junto a Alex y observa a las hormigas con mucha atención.

¡Ahora hay muchísimas!

Justo entonces suena el timbre. Jack se levanta de golpe, presa del pánico. No puede creer que se haya acabado el recreo.

«Oh, no —piensa—, seguro que hace siglos que me dejé colgado el partido de fútbol. ¡Billie se va a ᴇɴꜰaᴅaʀ mucho conmigo!».

CAPÍTULO 3

Jack corre al aula y se sienta al lado de Billie. Ella lo mira y FRUNCE EL CEÑO.

—¿Dónde estabas? ¡Hemos perdido por tu culpa! —exclama.

—Ejem, ya te lo dije. Estaba en el baño —responde Jack.

—No, no es cierto —replica Billie enfadada—. ¡Te he visto con Alex! ¿Por qué no vas a sentarte con él, ya que ahora es tu nuevo mejor amigo?

—¡No lo es! —responde
rápidamente Jack—. ¡Tú eres
mi mejor amiga! ¡Alex ni
siquiera me cae bien!

Eso no es cierto, pero Jack
está tan PREOCUPADO por el
enfado de Billie que se le
escapa esa mentira.

De pronto Jack nota a alguien
a su espalda y se vuelve
rápidamente.

¡Oh, no, es Alex! ¡Y parece
MUY DISGUSTADO, claro!

—¡Bueno,
pues tú tampoco
me caes bien a mí, Jack!
—grita Alex, y se aleja
con cara de malas pulgas
y se sienta en otro pupitre.

Jack se siente muy
mal porque acaba
de mentir a las dos
personas que
mejor le caen.

¡Ahora ni Billie ni Alex querrán seguir siendo sus amigos!

Poco después la señorita Walton entra en la clase y empieza a leer a sus alumnos un libro sobre dragones.

Mientras oye de fondo la historia, Jack piensa qué puede hacer.

Cuando el timbre anuncia la hora de comer, Jack se acerca corriendo a Alex. Coge una buena bocanada de aire y le dice:

—LO SiENTO. Lo que he dicho antes no era verdad. ¡Me caes muy bien! Es simplemente que nuestro equipo va a volver a perder si no juego al fútbol después de comer…

—No pasa nada —susurra Alex—. Lo entiendo. A mí también me gusta el fútbol.

—¿De verdad? —pregunta Jack, ASOMBRADO—. No lo sabía.

—Bueno, nunca me has preguntado —contesta Alex, encogiéndose de hombros.

Entonces Jack SONRÍE DE OREJA A OREJA. Tiene una idea.

—¿Te gustaría jugar con Billie y conmigo hoy? ¡Necesitamos otro jugador en el equipo!

—¿De verdad? —pregunta Alex—. ¡Claro que sí!

—¡Estupendo! ¿Hacemos las paces? —replica Jack, otra vez con gesto tímido.

—¡Por supuesto, Jack! —responde Alex.

Jack y Alex se dan la mano y luego Jack, pasando el brazo por encima del hombro de Alex, le dice:

—¿Qué te parece entonces si vamos a observar a las hormigas mañana? No tengo por qué jugar al fútbol todos los días.

Alex sonríe y exclama:

—¡Hecho!

Capítulo 4

Los dos chicos corren inmediatamente al campo de fútbol. Cuando llegan comprueban que el partido está a punto de empezar.

—¡Alex se une a nuestro equipo! —le grita Jack a Billie.

—¡Estupendo! —contesta ella—. ¡Ahora por fin tendremos una posibilidad de ganar!

Los chicos empiezan a
jugar y Jack observa a Alex
correr por el campo. Es rápido
y enseguida empieza a
acercarse a la portería
contraria, cada vez con más
peligro. Jack está sorprendido.

Al cabo de un rato Jack le pasa el balón a Alex y este vuela hasta la portería y marca un gol. Todos lo celebran, pero es que al poco tiempo Alex marca otro gol, y luego otro más.

Billie grita, salta y aplaude, igual que Jack.

Luego Billie mira a Jack y sonríe. Y Jack le devuelve la sonrisa, contento de que Billie ya no esté enfadada con él.

Los chicos siguen jugando y Jack marca un gol. ¡Y Billie marca otro más! ¡Es un diluvio de goles y todos se lo pasan genial!

Cuando
suena de nuevo
el timbre todos están
agotados pero felices.
Mientras recogen
sus cosas para volver
a clase Jack piensa
que Billie es su mejor
amiga. Eso no va
a cambiar nunca.
Pero…

«Está bien tener otros amigos —piensa—. Tener dos grandes amigos es MUCHO MEJOR que tener solo uno porque con dos amigos te lo pasas EL DOBLE de bien».

Y entonces Jack echa a correr detrás de Billie y Alex y regresan a su aula abRaZaDos.

LAS AVENTURAS DE BILLIE B. BROWN Y JACK

¡MENUDA FIESTA!

Capítulo 1

Hoy Jack está de muy buen humor. ¿Y por qué? Pues porque hoy es su fiesta de cumpleaños y ha invitado a toda su clase.

Sin embargo, como la casa de Jack no es lo bastante grande para veintitrés niños, este año va a celebrar la fiesta en un parque de bolas. ¡Yupi!

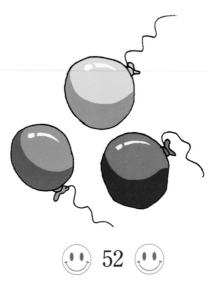

Jack se levanta muy emocionaDo y baja a la cocina corriendo.

—¡Hoy es mi fiesta de cumpleaños! —grita.

Los padres de Jack están desayunando.

—Aún faltan cuatro horas para tu fiesta, cariño —replica su madre—. Venga, desayuna algo. Nos prepararemos dentro de un rato.

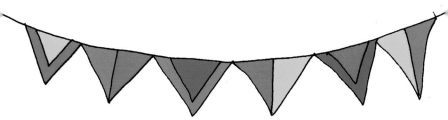

Jack desayuna en menos de cinco minutos y enseguida anuncia:

—Voy a casa de Billie. Cuatro horas es demasiado tiempo para esperar solo.

—De acuerdo, cariño, pero antes vístete, ¿vale?

Billie es la mejor amiga de Jack. Se conocen desde la escuela infantil y además viven al lado, así que siempre están juntos.

Luego Jack baja de nuevo, sale al jardín por la puerta de atrás, se apretuja para colarse por el agujero de la valla que da al patio trasero de Billie y llega corriendo hasta la puerta de la cocina. Después golpea el cristal.

La madre de Billie se acerca a abrir en bata.

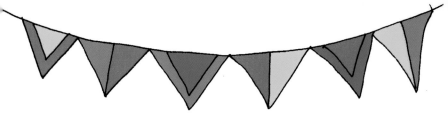

—Lo siento, Jack. ¡Billie está pachucha! —le explica—. Ha estado vomitando toda la noche. Algo que ha comido ha debido de sentarle mal. Hoy no podrá ir a tu fiesta.

—¡Oh, no! —exclama Jack.

—Puedes subir a verla si quieres —dice la madre de Billie—. Se pondrá muy contenta.

Jack sube los escalones de dos en dos e IRRUMPE en la habitación de Billie.

Ella está sentada en la cama,
con un libro sobre el edredón.

—¿No vas a venir a mi fiesta?
—le pregunta Jack.

—¡Pues parece que no!
—responde Billie con
tristeza—. Mi madre
no me deja. Dice que
estoy muy malita.

Jack se sienta en la cama
de Billie muy DiSGUStaDo.

—¡Sin ti me voy a
aburrir! —dice él,
y Billie sonríe.

—Gracias, Jack. Pero te divertirás de todas formas. ¡Aunque espero que no demasiado! —bromea—. Guárdame un poco de tarta, ¿vale?

—Claro que sí —responde Jack—. Qué rollo. Me gustaría tanto que vinieras…

Jack sabe que su fiesta no será tan divertida sin Billie. ¿Cómo puede ser divertida una fiesta sin tu MEJOR amiga?

Capítulo 2

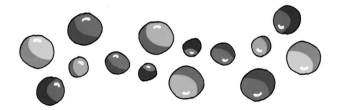

Jack llega pronto al parque de bolas con sus padres. Sus compañeros, uno a uno, van apareciendo poco a poco. Están todos muy EMOCIONADOS.

—¡Esto es genial, Jack! —grita Sam, y le da a Jack un regalo.

Luego corre al tobogán. Benny y Alex ya se han tirado y bajan por él a gran velocidad.

—¡Guau,
qué sitio
más molón! —dice
Tracey, y también ella le
da un regalo a Jack.

Después se acerca corriendo
a la piscina de bolas, se
lanza por el tobogán seguida
de Helen y las dos se
sumergen en las
pelotitas de
colores.

Jack se siente MUY ORGULLOSO.
¡Ninguno de sus compañeros
de clase ha celebrado nunca
una fiesta tan guay!

Pronto el parque de bolas está
muy lleno y hay mucho RUIDO,
pero Jack se encuentra un
poco NERVIOSO.

Le resulta raro que Billie no
esté.

¡Cuando Billie está con él, SE
SIENTE CAPAZ DE TODO!

Benny se acerca corriendo a
Jack con una sonrisa de
ballena y le grita:

—¡Oye, Jack, ven a jugar! ¡Alex
la lleva!

Jack siente COSQUILLAS DE
EMOCIÓN en el estómago.

—De acuerdo, ¡vamos!
—contesta.

Jack sigue a Benny a la zona
de las atracciones. Alex
persigue a Mika y a Helen y
toca a esta en el hombro.

—¡Tú la llevas! —chilla.

Helen corre directa hacia Jack,
pero él es demasiado RÁPIDO.
Se encarama en una de las
atracciones y escapa. Luego se
tira por el tobogán.

Cuando
asoma por el otro
lado, Helen está
esperándolo y lo toca
antes de que pueda huir.

—¡Jack la lleva! —grita
Helen, y sube rápidamente
por una escalerilla de
cuerda.

Luego se tira por el
tobogán y Jack
la sigue.

Cuando Jack cae al interior de la piscina, las pelotitas de colores vuelan en todas direcciones. ¡Es una chulada!

Jack y sus amigos siguen jugando al pilla-pilla hasta que la madre de Jack anuncia que la tarta está preparada.

Los niños salen de la zona de juegos y se acercan a la mesa donde está la tarta.

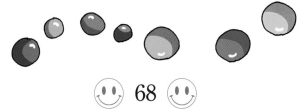

Es enorme, de chocolate y vainilla, la preferida de Jack.

Jack está tan cansado de saltar y jugar que no sabe si podrá apagar las velas.

Pero sí, coge aire, sopla y las apaga sin problemas.

Todos ríen y cantan la canción de cumpleaños feliz entrecortados. ¡Les falta el aliento!

—¡Menuda fiesta! —dice Helen, y le pega un ENORME mordisco a la tarta de chocolate.

—¡Desde luego! —coincide Alex—. Muchísimas gracias por invitarnos.

Jack está superfeliz, y Tracey dice mientras se sirve un trozo de tarta:

71

—Sí, es genial que hayas invitado a la clase entera. ¡Está todo el mundo!

—Queda un trozo de tarta más —anuncia la madre de Jack—. ¿Alguien quiere repetir?

—¡Yo, por favor! —responde Sam, relamiéndose—. ¡Está riquísima!

Todo el mundo ríe, especialmente Jack. Mira a sus compañeros de clase y sonríe. «Helen tiene razón —piensa—. ¡Menuda fiesta!».

Poco después Jack y sus compañeros se despiden y cada uno regresa a su casa.

Jack está seguro de que a Billie le encantará saber que se lo han pasado muy bien…

Capítulo 3

En cuanto Jack baja del coche,
se va corriendo a ver a Billie,
que sigue en cama.

Está sola y parece aburrida.

—¡Menuda fiesta, Billie! —dice
Jack desde la puerta—. Las
atracciones de la sala eran
impresionantes. ¡Y tendrías
que haber visto la piscina de
bolas! Nos lo hemos pasado
muy bien. Y a todo el mundo le
encantó la tarta.

Billie sonríe.

—¿Me has guardado
un poco?

—¡¡Se me ha olvidado!

—¿En serio? Bueno,
¿al menos me has traído
una bolsa de chuches?
—replica Billie
con voz triste.

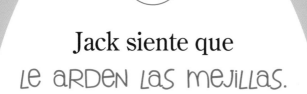

Jack siente que
LE ARDEN LAS MEJILLAS.

—Lo siento —contesta—.
Benny se quedó con la última.

—¿Y los regalos?
¿Dejaste alguno
para abrirlo conmigo?

Jack se muerde los labios
y niega con la cabeza.

—No. Ya los he abierto todos
—confiesa, avergonzado,
recordando el momento en el
que Alex le entregó el suyo.

Billie frunce el ceño y se tapa con el edredón.

—¡No me has echado de menos ni un poquito! ¡No me has guardado nada! —replica.

Jack se siente herido porque Billie está molesta con él y entonces estalla:

—¡Bueno, no es culpa mía! ¡Haber venido a mi fiesta!

—¡No he podido! —chilla Billie—. ¡Estoy enferma!

—¡Vale, pero no tienes que gritarme! —exclama Jack.

Sale rabiando de la habitación de Billie y vuelve a su casa muy ENFADADO.

Sin embargo, cuando llega a su habitación, SE SIENTE MAL.

«Billie tiene razón —piensa—. La verdad es que me olvidé de ella. ¡Me lo estaba pasando tan bien que me olvidé de mi mejor amiga!».

CAPÍTULO 4

Jack trata de inventarse algo
con lo que arreglar la
situación.

Echa un vistazo por su
habitación, se queda mirando
sus libros y sus juguetes y, de
repente, al ver su caja de
piezas de lego, tiene una idea.

Se levanta, coge las piezas,
las vuelca en el suelo, se sienta
y empieza a construir.

Construye escaleras,
toboganes y columpios.
Incluso una piscina llena de
diminutas bolas de colores. Y
también una zona de sillas y
mesas igualita a la que hay en
el parque.

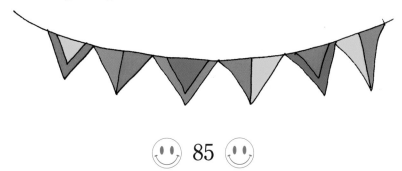

Tarda mucho tiempo porque quiere que quede muy bien. Y al final Jack obtiene su recompensa: se pone muy contento porque la reproducción del parque está fenomenal.

Le ha quedado idéntica.

Luego escoge figuritas de lego para representar a sus compañeros de clase.

Y cuando se le acaban las figuritas busca muñecos

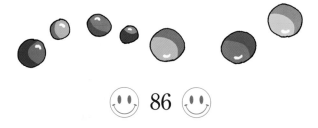

pequeñitos y los distribuye por la maqueta. Allí están Alex, Helen, Tracey, Benny y todos los demás. Y también Billie, por supuesto.

Esta vez Jack pone mucho cuidado en no olvidarse de ella. Está seguro de que a su mejor amiga le va a ENCANTAR su regalo, aunque llegue un poco tarde.

LAS AVENTURAS DE BILLIE B. BROWN Y JACK

☺ ÍNDICE ☺

TÍTULOS DE LA COLECCIÓN